歌集
一杯の水

榎本麻央

現代短歌社

目次

魚の記憶 九
リルケ 一一
花びらのひらく瞬間 一八
眠らない羊 二〇
真白きシーツ 二六
マンホール 二九
水《すい》宇宙 三一
空豆 三三
ラ・フランス 三五
画用紙 三八
ポストまで 四〇
春の卵 四三
感情の芽吹き 四九

知恵の輪　五三
起き上がり小法師　五六
葡萄　五八
白歯　五九
飴玉　六二
スズメ　六三
ドルフィンキック　六五
いのちつてまあるいの　六七
白亜紀の記憶　六八
ホノルルマラソン・東京マラソン　七〇
兄弟　七一
どすこい　七四
入園　七七

原始のこころ　七九
キャベツを刻む　八一
あさがほハウス　八三
ひまはりの種　八六
金色どんぐり　八九
徒競走　九一
七歳　九三
クリスマス　九六
鮫フライ　九八
ソファの海　一〇〇
少年の夏をパウチ　一〇三
みづすまし　一〇六
就職　一一〇

不忍池の大亀　一一三
一杯の水　一一三
白地図　一一五
いつもと同じ満月　一二〇
折鶴一羽　一二四
震災から一年　一二七
おはなしフェスタ　一三〇
アディオス　ウーパー　一三四
早食ひ家族　一三七
ほんたうの笑顔　一三九
わたしの前を私が走る　一四三
雪合戦　一四五
チェリー　一四七

ハムスターのハナ　一四九
なまづ蠢く　一五三
葉桜となる　一五六
うまくなりてえ　一六一
昼の三日月　一六四
跋　三枝昂之　一六七
あとがき　一七五

一杯の水

魚の記憶

水底にうごめく魚の記憶あり　はじめて足をさし入れしとき

きのふなぜ君は泣いたのはりはりとレタスの結球はがしゆく朝

コンタクトレンズはづせば少しづつ満ち満ちてくるわれの湖

遠浅に眠りゐる中かすかなる春の蚊の声内耳をひらく

ドロップ缶揺らせばいつも音のして薄荷糖のみ残りてゐたり

手囲ひに白きひかりをつかまへて空に放ちぬ六月の朝

リルケ

神の手に抱かれるやうな夕映えをひとり歩めり両の手下げて

月も星も見えぬ夜空はさみしくてわれの左手右手をさがす

朝だから　そんな理由で鳥かごの小鳥を放つ四月の窓に

春の嵐に散らされてゆく花びらを靴底からはがす君のゆびさき

少しづつ重くなりゆく誰からも読まれぬ手紙を集めるポスト

犬の尾は静かに垂れて犬小屋の真上に大き満月のあり

かすかなる獣の匂ひする部屋でわれとは違ふ雨音を聴く

風車十基見ゆる窓辺に立つ君は鳥媒花のことなど言へり

言霊を運んでくるのは鳥なのか虫なのか風なのか　風車が回る

肉体を通る言葉と思ふとき　てのひらに受く赤黒き果実

ポケットのなかに草の実つめてゐし小《ち》さき少女が左手を振る

あのときの小鳥戻りて来る朝は開けりリルケの『神さまの話』

感情を抑へられない日もありて赤黒き実を拾ひ集める

長き髪を背中に垂らし音のなき風にからだを預ける真昼

底深き空に言葉を投げにゆく小鳥のこゑが落ちてくる夜は

素話をするとき鳥は空高く丘を越えつつまなうらを飛ぶ

バスを待つわれの後ろに列はでき揺らめいてゐる陽炎のなか

リルケ詩集をかばんに入れてバスに乗る言の葉の葉が茂り始める

川べりのススキが風になびくとき地球儀ゆびで廻してみたし

左手がきみの右手をさがしてるゆつくり帰る夕映えのなか

花びらのひらく瞬間

花びらのひらく瞬間みるやうに君からのメールをひらく春の日

足もとに花びら流れゆるやかな春風のなか君を待ちをり

もう少し君の言葉が聞きたくて花びら膝に積もらせておく

くちびるは花びらに似て　乾きゆくわれはミネラルウォーター飲み干す

ワイパーに桜花びらからませて環状線を走り抜けたり

眠らない羊

夕暮れになると憂鬱になつてゆくわれの水位がゆつくり上がる

眠らない羊を飼ひて数へてく丘の向かうに羊の大群

よき闇を持つてゐますね　手品師がわれに見せをりハットの深み

鏡には夜のわたしが映りをり歯をむきだしに笑つてみせる

どこまでも続く夜ですムーミンもへムレンさんもみんな白くて

しあはせな人だけが行くドーナツショップ辿りつけずに夕焼けまみれ

バラバラになつてしまつた言の葉を拾ひ集める風の少年

あの角を曲がれば君に会へさうでマントヒヒのやうに華やぐ

夜を配る合図とおもふ夕空をカラスの群れが渡りてゆけり

遠くから吾を呼んでる声がする振り向けば雨が降つてゐました

その声を聞くときわれは立ち上がるリボン結びがほどけるやうに

コンビニの明かりに集まる蛾や人が鱗粉をこぼす夜の凹みに

美しき月のかたちをたどりゆくやがておぼろとなりゆく二人

白夜なんて信じられない　こんなにも夜は長くて夜は深くて

デボン紀の肺魚となりて横たはる二十六時に突入しました

むうむうとわれの羊の大群が一匹・二匹と眠りてゆけり

夜の縁踏んでゐました　ゆつくりと浮上してみる光る朝へと

真白きシーツ

霜月の夜の坂道のぼるときふと掛けらるる真白きシーツ

黒鳥の羽の上にも雪は降りもう哀しくないさ白鳥

閉ぢてゐる閉ぢてゐるからまなうらに広がる星を君はたどりて

あの人の窓が開きたり　うんうんと頷いてゐる泡雪のなか

「ワレワレハウチュウジンダ」と言ひ合ひてまぶたを閉ぢる　火星に降る夢

バスを待つわたしに傘を差しだしたをぢさんの空続いてゐますか

マンホール

マンホールあれば踏みたくなる癖はいまだ治らずマンホール踏む

電線にとまる鳥あり電線を揺らす風あり　ひとり見てゐる

「世界中」と言つてしまふとき夕暮れは神のまぶたの裏側となる

めぐりゆく血を隠してゐる人間よ名もなきものに光はきざす

水宇《すい》宙

十キロの青梅の臍ひとつづつ取つてゆくなり　夕暮れが来る

氷砂糖きらめく瓶に青梅を沈めてゆきぬ六月の朝

犬小屋にも雨降りつづく六月は犬のまなこに水《すい》宇宙あらむ

あぢさゐの葉脈ゆびで辿りゆき耳では拾へぬ水流を聞く

雨に濡れくろぐろとせる鋪道にて油の虹のゆらめきを見つ

落ちてゆくものは美し　瞳から涙ふくらみ落下するまで

空豆

日常の輝きありてスーパーの野菜売り場にならぶ空豆

目覚ましのかはりに香り漂はせグレープフルーツサラダを作る

はつなつのコーラの壜はやはらかく流線型に光を集む

夏の陽をたつぷり浴びてスカシユリそばかす顔をわわんと開く

長き葉に精霊バッタの影浮かび夕暮れてゆく水を掬ひぬ

ラ・フランス

やはらかな曲線描くラ・フランス獣のやうに食べてみる秋

揚げたての鮪フライはきうきうと声を絞りてかすかに震ふ

「ただいま」の声が半音高き日はきみ饒舌なり　いいことあつたな

重力のせゐだとのたまふパン屑をぽろりぽろりとこぼすあなたは

真つすぐに姿勢を正し歩きゆく白きジャージは　あつおとうさん！

歴史好きの女は「歴女」それならばおとうさんは「歴男」でせう

母の手で押しだされゆくバッテラの深き味はひ年輪の味

バッテラの語源を知りたる大晦日ポルトガル語で小舟とふ意味

画用紙

昨日より雪降りつづきわが庭は君の大きな画用紙となる

木の棒で雪に絵を描く君を見る朝のひかりに目を細めつつ

窓越しにわれを呼んでる君がゐてはたりと降り立つ画用紙の上

いつからか雪に触れなくなつたよわれは久久に作る雪の玉十個

翌朝に君の描きし鳥の絵は消えてなかつた　飛びたつたのだらう

ポストまで

ポストまで白くなりゆく雪の日に君への手紙投函したり

降り続く雪が足跡消してゆく雪の重みを傘に感じて

霜柱踏むとき子らは寡黙なり氷の音を味はつてゐる

黄色の旗振りつつ児童ら誘導し車のわだち見送つてをり

うさぎ小屋にも雪降り積もる夕まぐれぽつちり灯るうさぎの赤き眼

ジャンクメールにまぎれてをりぬ君からの手紙は冷えたポストの中に

うつむいて咲いてゐるからクリスマスローズの顔をのぞきこむ日日

春の卵

奥深く春の卵を抱きたり水面に浮かぶ桜花びら

細く長く流るる川を辿りゆく桜花びら積もらせながら

カマキリの卵《らん》から光あふれだし無数のいのちをつなぐ草むら

熱病にをかされてゐる二・三日を砂漠の上の子象と歩く

少しだけ泣いてしまつた六月にドクダミの葉は茂みをつくる

さみどりのポストイットを貼りながら『おおかみこどもの雨と雪』を読む

君の漕ぐサーフボードのオレンジを波の間に探すはつなつ

ギンガムのスカート風にひるがへり君を呼ぶ声届かずにある

ふつくらと卵を抱いて砂浜を歩けり海亀のやうに　わたくし

みつみつと過ぎてゆく夏超音波にうつる胎児の小《ち》さきバタ足

羽を閉ぢひつそりとまる糸トンボ少し眠らう母さんはねむい

ホルモンで動くわたしが食べてゐるレモンのレモンのレモンの輪切り

月光に照らされながら少しづつふくらんでゆくからだを運ぶ

植物をまとふ地球の上に立ち種を握りぬたつた一粒の

回転木馬は回り続けて永遠に手を振る母となるらむわれも

胎動は内側から響くから　花びらのやうにわらふふるへる

われのものであつてわれのものではなし春の卵が生れるときなり

感情の芽吹き

陣痛の波満ちるとき感情の芽吹きのやうな産声あがる

不思議なる生き物として産みたてのわが子を見てをり　よくできてゐる

スケールに載せれば手足はみ出して日記にしるす四千十グラム

三月は白夜のやうに過ぎてゆき光る方へと向きゆくみどりご

うす青き空に浮かんだ昼の月小《ち》さき小さきおまへと見上ぐ

「おはやう」と声をかければ「おはやう」の声はなくともバタ足かへす

ハタハタと空を泳げる鯉のぼり洗濯物はけふもタイリヤウ

知恵の輪

夕闇は部屋の隅からやってきて吾と赤子を一瞬にのむ

ほどけない知恵の輪のごと泣きやまぬ子をおづおづと抱く夕暮れ

乳呑み子とこもる日もありタンポポの綿毛をふうと飛ばしてみたし

母子ともにたぷんと揺れる昼と夜　今日は何日何曜日だつけ

空腹になつただけでも泣く吾子の涙はとつておきたし壜に

腹這ひで飛行機ポーズせる吾子はつばさ揺らしつつ後ろにすすむ

しつかりとＤＮＡは組み込まれバンザイをして眠る父と子

人類の血は受け継がれへその緒の最先端なる新生児たち

ぎこちなく赤子の指に触れながら三日月型に爪を切る君

まぶたなき魚も眠る午前二時まぶた閉ぢない子よ眠らんか

起き上がり小法師

われの裡ときをり透けてゐるやうでときをり友は困つた目をする

子を持たぬ友はネイルを光らせて陶器のやうにわれの子を抱く

なつかしき友の香りはジバンシィわれの鼻腔をくすぐりてをり

別別の道ゆくふたり　起き上がり小法師が揺れるゆらゆら揺れる

ゆくりなく入道雲に覆はれて七月の母子影をなくしぬ

葡萄

やはらかき薄皮を剝ぎて食む葡萄ひと粒ごとの秋を広ぐる

子を抱いて坂を上がれば影法師重なり合ひて夕日に揺るる

影法師もうすぐ二つになるだらう伝ひ歩きは一人歩きに

白歯

匙の音タチリと響く春の朝吾子の白歯は芽吹いてゐたり

幼子の積み木けふもみづみづし口で確かめ積んでゆくなり

マズローも見たのだらうかおつぱいを飲み終へるときの赤子の満面

体ごと吾に預けて眠る吾子しばし母体に還るごとくに

母であることの不思議さ薄れつつ子を追ひかけて過ぎる三月

飴玉

歌をつくる儀式となりて２Ｂの鉛筆の先尖らせてをり

家族みな眠りてひとり真夜中に短歌《うた》の卵をあたためてゐる

はつなつの畑を耕す父がゐてわれは言葉の畑を耕す

飴玉をころがすやうに口中で言葉転がし歌立ち上がる

スズメ

腹立たしき出来事こゑにだしをれば怒りの形あらはれてくる

またひとつため息つけば電線にとまるスズメの数増えてゆく

時計草見入りてをればぐるぐると催眠術にかけられてゐる

「生きるつて大変だよな」シャンプーの泡とばしつつ君の言ひをり

排水溝に水が流れてゆく様を見てゐる吾子の春の脳天

ドルフィンキック

イルカにでもなつてゐるのか眠る子がわれに繰り出すドルフィンキック

悔しさの形くつきり浮かびをり口をへの字に結ぶ息子は

かんしやくを起こす息子に癇癪を起こすわれゐて親子と思ふ

少しづつ舐めて小さくなつてゆくキャンディを子は心底かなしむ

発車します　憂鬱なる吾《あ》は幼らの電車に揺られ和みてゆけり

犬のゐる家が近づく散歩道しだいに汗ばむ吾子の手のひら

いのちつてまあるいの

「いのちつてまあるいの」と子に問はれをり　ゆつくりゆつくり地球は回る

白亜紀の記憶

恐竜の絵本を読むたびそこだけが早口になる「クェツアルコアトルス」

翼竜の骨を見たしと子に請はれ恐竜展に行きをりはつなつ

何色の羽を持つてゐたのだらうクェツアルコアトルスの骨を見つめる

しやがむたびポキポキ鳴りたるわが膝の白骨かすか意識してゐる

ローズグレーのアンモナイトを購ひぬ　八百円の白亜紀の記憶

子の描く翼竜の羽画用紙をはみ出し白き机にはばたく

ホノルルマラソン・東京マラソン

マンモスを追ひし遺伝子受け継がれ　ホノルルマラソン・東京マラソン

兄弟

空に雲海に波ありわたくしに息子二人があるといふこと

二人とも吾から生まれき　控へめな上の子前に出たがる下の子

「兄ちゃんにまた逃げられた」兄ちゃんの歳に追ひつきたき弟は

叱られて膝を抱へる弟が立ち直るまで兄静かなり

子どもらとぶだうジュースを分け合ひて飲んでゐる午後曇天の空

子らにできわたしにできぬポーズありブリッジの山ふたつ並びぬ

石や木の棒にてあそぶ兄弟は小さき庭を駆け回るなり

ギザギザのほっぺとなりゆく二人なり北風の中木枯らしの中

ゼリービーンズをちりばめたやう子らのゐる暮らしはいつもカラフルである

どすこい

白きものますます増えてゆく冬にだいこんの肌かぶの肌あり

まだ「ゆき」と発音できぬ幼子が舐めて確かむる初めての雪

ぴつたりと羽をたたんだ白鳥の体つるりと陶器のごとし

白鳥を初めて見たる息子らは「スワンボートに似てるね」と言ふ

パンの耳持ちたる子らに白鳥がぺつたんぺつたん近づいてくる

どすこいと聞こえさうなり白鳥の足幅あんぐわい広広として

入園

真夜中にミシンの音を響かせて　小さき彼ももうすぐ入園

シャキシャキのレタスの歯ごたへ確かめて初登園へ送り出す朝

「こんなにも泣く子はゐません」先生に言はれてわれが泣きたくなりぬ

ダメ母の烙印押された心地して振り返りをりわれの育児を

お迎へに間に合ふやうに午後一時納豆ごはんをかきこんでゐる

われを見て駆けくる息子乾きたる涙の跡を頬に残して

原始のこころ

玄関に虫カゴ三つ並びゐてトカゲ・カナヘビ・トカゲが入りぬ

子どもらは原始のこころ未だ持ち素手でトカゲを捕まへてをり

カナヘビとトカゲの違ひ言ひ合ひて紛糾したり兄と弟

夏の陽にぎらぎらとせるトカゲの尾ビリジアンブルーの輝きを見つ

わが気配察して逃げ出すカナヘビの後ろ姿は似てをり子らに

キャベツを刻む

夕暮れが来ると寂しくなつてゆくわれはキャベツをタンタン刻む

夕空にむかつて吠える犬のタロ「わかるわかる」とキャベツを刻む

一号棟の団地の赤ちやん泣きだして「夕暮れ泣きよ」とキャベツを刻む

ホイールをハムスターのハナ回りだしカラカラタンタンキャベツを刻む

山盛りのキャベツの千切りできたころ大き満月のぼりてゐたり

あさがほハウス

さ庭辺のあぢさゐの藍少しづつ色褪せてゆき夏が近づく

らつきようをポテトサラダに入れること君の母から教はるはつなつ

わが庭にきうりの苗を植ゑに来る父の背中に吹く夏の風

熱帯魚泳げる海を思はせてセルリアンブルーのあさがほ咲《ひら》く

黒蟻の行列つつつと辿りゆくわれと息子の夏時間あり

子離れはまだまだできぬとふと思ふあさがほのつる誘引するとき

花のかず百超えるころ子どもらは「あさがほハウス」とわが家を呼べり

あさがほの種を採りたる子どもらはいのちのバトン握りてをりぬ

ひまはりの種

首を垂れ茶色く朽ちるひまはりの顔をのぞきぬ兄と弟

びつしりと詰まりたる種子どもらは小さき指でほぐしてゆきぬ

絵日記に子らは書きをり「ひまはりのたねはそとがはからできてきます」

熟したるほほづきの実を思はせて夏の夜空に浮かぶ満月

こどもらと夏の空気をつなぎ合ひ線香花火をちりちり放つ

ランタナの葉上にのりたるカマキリがわれに対ひて鎌をかまへる

宿題が終はらず泣いてゐる吾子の涙の量に驚いてゐる

金色どんぐり

みみづくの鳴き声かすかに聞こえきて宮沢賢治記念館あり

人間と同じ背丈の山猫に出迎へられて入る賢治記念館

子どものために購ふ『どんぐりと山猫』の絵本・金色どんぐり

ポストには山猫からの手紙なくひつそり秋が投函されてる

気がつけば金色どんぐり色褪せて夢かうつつか分からぬ日暮れ

徒競走

空をぬくピストルの音響きをり子ら一斉に走り出したり

トラックの急カーブで子どもらはコースを外れ大きく膨らむ

ゴールまで一直線なり今といふ瞬間を子は駆け抜けてゆく

わが子だけ見てゐるゆゑに徒競走だれが一位になつたか知らず

秋空に近づくやうに子らの組む組体操は小《ち》さき城なり

七歳

卒園し二年過ぎるころ「折り紙が恐かつた」と子に打ち明けられる

消しゴムのカスが増えゆく年頃なり　ゆづれないこと七歳は知る

スイッチを消してと頼めば目を閉ぢて消したと答へる七歳の夏

あと何度聞けるだらうか「ママ抱つこ」味噌つ歯みせて笑ふ子七歳

笑ふとき三日月になる君の眼はわれの怒りも収むる魔法

いつもより風通しよいか歯の一本抜けし幼の笑顔かはゆし

ふはふはのマシュマロほつぺは少しづつ締まりて吾子は少年になる

子ぐまのやうに眠る息子の寝顔みて今日もおこりすぎたと思ふ

クリスマス

カレンダーに書き込む吾子はクリスマスイブに大きく丸を付けたり

クリスマスツリーを飾るいつしかに吾子らの背丈ツリーより高し

上の子に怪しまれてる「ほんたうはサンタクロースはお母さんなの？」

「サンタはね心の中にゐるんだよ」下の子うなづく上の子だまる

すうすうと眠る吾子らの枕元にリサーチ済みのプレゼント置く

鮫フライ

裸木にも春の兆しよ鳥の爪ほどの小さき新芽を抱きて

裸木にとまる鳥あり裸木に登る子らゐてあたたかきかな

盛り上がる土は足裏にやはらかし土竜トンネル開通し　春

給食に春より御目見得するといふ鮫フライに子はたぢろいでゐる

たまゆらに春風吹きて水たまりジュレのごとくに揺らめく四月

ソファの海

問題が解けずかんしゃく起こす子がソファの海にダイブするなり

抜き差しのならぬ状態子とわれの一問一答きみは見守る

子の中に吾をみつけることありて強情なる子を強く叱れず

泥んこの靴つぎつぎと洗ひをりああわたくしは男の子らの母

泣きやまぬ息子をみつつ「めそめそ」か「しくしく」なのか考へてをり

鉛筆の先まあるくなりて方程式解いてゐる子を見てゐる満月

子には子の大きさ分の雨が降る小《ち》さき小さき傘の上にも

少年の夏をパウチ

縁側でスイカの種をとばし合ふ息子らの長い夏の始まり

花ごとのめしべとをしべ採集して自由研究すすめゐるらし

ぼくたちに花をくださ い　隣家よりわが少年の声聞こえたり

サルビアにとまるマルハナバチの背に花粉を撫でるをしべ の揺らぎ

ミツバチの雌のからだに似てるとふ質感あやしきオフリスの花

風車十基すべて回りて風媒花たちの花粉が運ばれてゆく

たうもろこし状のむくげのしべを採取して夏の一日は暮れてゆきたり

三十種類のめしべとをしべパウチして少年の夏もパウチされをり

みづすまし

青空は海に似てゐて　さざ波のやうな白雲幾重にもあり

職業欄に「主婦」と書くわれ真昼間に「就活せねば」のビッグウェーブ来る

ケータイの待ち受け画面は青き空　雲の分量あんぐわい多し

やらねばの「ねば」をはづせばみづすましわれの時間をすいすい泳ぐ

読み聞かせボランティアに登録す金にならぬと君は言ふなり

小学校の鉄の門重し全体重かけつつやつと中に入りぬ

〈一年生ホール〉子どもら飛び出してつまくれなゐの種を思ふよ

『手袋を買いに』をひらく四十の瞳がわれの一声を待つ

子どもらは何を思ふか「人間はいいものかしらいいものかしら」

また来てね　小《ち》さき手のひら見せながら子どもら吾に手を振りくれる

就職

就職が決まりますやうにと手を合はす正月三日の満願寺にて

押入れの奥に息づく「司書資格」二十年ぶりに取り出す如月

図書館の試験会場に入りゐて紺色スーツの群れに身を置く

面接官の質問鋭し泣きさうになりつつやつと笑顔つくりぬ

やや厚みありたる封書届きたり　庭のミモザも満開となる

不忍池の大亀

「就職が決まりました」と不忍池の大亀に報告をする

一杯の水

わたくしを薄めるために一杯の水を飲みほし仕事へ向かふ

カチューシャをはめてパソコンに向かひをり緊箍児かすか意識してゐる

叱られて空壜のごと立つ夕べ風がわたしを鳴らしてくれた

自転車のサドル盗まれ自転車といつしよに歩き帰る夕暮れ

本当のことが言ひたき夕暮れはマンホールの蓋踏みにゆくなり

白地図

長き髪を束ねて仕事に向かひをり　われの前髪揺らす陸風

図書館の返却ポストに溜まりたる本を抱へる花冷えの朝

図書館の開館を待つ人たちの顔ぶれ見つつ鍵差し込みぬ

白地図をひらく少女のかたはらに一輪飾る赤きぼうたん

グリム童話生誕二百年　色紙に毒入りリンゴと魔女をくりぬく

土曜日の紙芝居の日われの読む『あかずきんちゃん』『ヘンゼルとグレーテル』

深き森に誘はれてゆく子どもたち少しおそろしグリム童話は

グリムよりアンデルセンがすきと言ふ同僚の細きうなじを見てる

鳥の図鑑抱へて書架を移動する　遠くで聞こえる落雷の音

新聞の閲覧コーナー新聞を大きく広げ顔見えぬ人ら

図書館はからだ傾く人多しそろりそろりとその横を通る

葉脈にめぐりゆく水引くやうに最後の一人帰つてゆきぬ

ぬばたまの暗き鍵穴のぞき込みカチリと回し閉館とする

いつもと同じ満月

小刻みに書棚が揺れる横揺れの激しくなりてしやがみこみたり

一斉に本が飛び出す瞬間を見てしまひたり午後二時四十六分

液状化してゐる道を避けながら子を迎へに行く午後三時半

電柱は斜めに傾き電線の垂れてるいつもの「やすらぎの道」

上履きを履いたままなる児童らは校庭にみな集められをり

われを見て息子は一瞬泣きさうな顔をしたあと笑顔を見せる

一滴も出ない蛇口をひねる子は　お風呂の水は溜めてあるから

ポリタンク・薬缶に水筒持てるだけ持ちて並べり給水の列に

給水の列に並びて五十分いつもと同じ満月がある

一滴もこぼさぬやうに注ぎゆくいのちをつなぐ一杯の水

断水はいつまで続く　給水の情報ラジオで聞いてゐる朝

折鶴一羽

夢うつつ遠くで鳴つてる電話音近づいてきて手を伸ばしたり

母からの「救急車!」の声にをののきて受話器を戻し眼鏡をかける

ＭＲＩの画像にうつる白き点　これが血栓　医師は指さす

「車椅子の免許は持つてゐません」と父は言ひをり若き看護師に

病室の窓から見えるクレーンが夏空にふかく刺さりさうな午後

リハビリに父が折りたる鶴一羽サイドボードの上に飾りぬ

大空にいわし雲浮かぶ秋の朝父の退院来週に決まる

震災から一年

あの日から何かが変はつてしまつたよ　電線揺らす風を見てゐる

被災者と被災者ではなき人の住むわが街見えぬ境界があり

新しいアプリが欲しいあの時の日付入れれば還れるやうな

花びらを食らふ鳥ゐてパンジーのめしべとをしべ残されてをり

社会科の授業で習ふリアス式海岸子らは指でたどりぬ

物置に水の買ひ置き十ケース常に置きたり震災後より

スクールゾーンにいまだ斜めに立つてゐる電柱の横過ぎる児童ら

一斉に本の飛び出しし瞬間をまぶたの奥にしまひて一年

おはなしフェスタ

霜月に入りてもなほも咲き続くあさがほ垣根に連なつてをり

あさがほは何時に起きてゐるのだらう目覚まし時計三時に合はす

いつもより二時間早く出勤すおはなしフェスタ近づいてゐる

カウンター業務の合間に紙の花咲かせてゆきぬ赤・青・黄色

事務室の奥から声は聞こえきて　デンガショデンガショ『ねずみのすもう』か

素ばなしの練習をする飯島さんメガネの奥にねずみを飼ひて

われが読む『あかずきんちゃん』オオカミの声のトーンを指導されてる

開館を待つ人たちの列できておはなしフェスタ開催となる

たくさんの靴並びゆくおはなしの部屋に入りぬわれら職員
われの出番近づいてくるオオカミの声音の確認してゐるうちに

アディオス　ウーパー

はじめての海外旅行に大きめのスーツケースを四つ購ふ

夜便のエバー航空二〇二便われらを乗せてグアム空港へ

「少しだけチャモロ語しやべれます」と言ふホテルのポーターはフィリピン人

バスルームの壁に張り付くヤモリの子「ウーパー」と名付け観察したり

「ハファデイ」と手を振るグアムの子どもらと一緒にヤドカリ見てゐる息子

水中を泳ぐサヨリの群れの横足ひれ付けて群れに加はる

アチョーテの実を混ぜて炊くレッドライスチャモロ料理は意外にうまし

ほら貝の吹く音響きゆるやかな空気流るるナイトマーケット

「アディオス」といふチャモロ語を覚えたり子がウーパーに言ひぬアディオス

早食ひ家族

じやじや麺を食べむと二時間並びゐて五分で完食早食ひ家族

フランスパン抱へてガシガシ食べすすむはらぺこあをむしのやうな息子

飲食《おんじき》のために育てるローズマリー君の言葉が香る午後なり

太陽が西からのぼる日が来てもかき混ぜてゐむ子らの納豆

ほんたうの笑顔

オナモミの群生してゐる径を抜け子が幅跳びの朝練に行く

丸刈りにサングラスといふいでたちのコーチが言へり「あいさつが大事」

恐いとき緊張するときいつしかに笑つてしまふ息子の笑顔

「走るとき首を振るな」と注意され息子は笑顔でコーチを見てる

息子より記録の伸びてる由菜ちゃんが涙を落とす砂場の上に

茨城県陸上競技大会にエントリーする息子と由菜ちゃん

「思ひきり跳んでこいや」と言ふコーチ丸刈りの頭にサングラス載せ

幾度もコーチの顔を見る息子コーチは深く頷きてをり

思ひきり跳んでゆきたる子のからだ　記録は四メートル三十七センチ

少しだけ鳥になれたよ　ほんたうの笑顔をコーチに見せる息子は

わたしの前を私が走る

家事・育児・仕事に仕事・家事・育児　わたしの前を私が走る

割烹着すがたの母が出す音にくるまれ眠りし小さきわれは

テレビからサザンの歌が流れてた　母の背中ときんぴらごばう

母からの手紙が届く春の夜はごはんに載せるきんぴらごばう

「がんばれ」と言はんばかりに目前にポンポンダリア風に揺れをり

雪合戦

手のひらに雪のせながら上の子は雨より雪はやさしいねと言ふ

口中に雪入れながら下の子は雨より雪はおいしいねと言ふ

雪合戦終へて吾子らはストーブの前を陣取るわれを押し退け

九十二枚のシールを集めてリーボックの鞄を得し子何を入れゆく

空き地にてレンズなきメガネ子は拾ふ　かしこさうな少年現る

チェリー

陽炎のゆれる坂道ぢりぢりと汗にまみれて上りてゆけり

坂道を上れば友の家のありスプリンクラーが静かに回る

ノックするノックしてみるいつからか友の扉は閉ぢられてゐて

ソーダ水のグラスは徐徐に汗をかき友の沈黙続いてをりぬ

ソーダ水に浮かぶチェリーをストローで沈めるわれも沈黙の中

スプリンクラーの音さへ聞こゆる真昼間に二人の沈黙深まりてゆく

ハムスターのハナ

背中の毛薄くなりたるハムスターのハナは近ごろホイールを回らず

長月に入りてハナをカゴに入れ息子と向かふ動物病院

「ハナちやんは人間でいふと百歳です」獣医さんに言はれてをりぬ

ハナちやんはあとどれくらゐ生きられる?頰をつたへり息子の涙

スポイトで薬を飲ませる朝・昼・夜ハナはピンクの舌で舐めをり

神無月に入りてハナは少しづつ歩けなくなり痩せてゆきたり

明日までたぶんもたない　そんなこと息子に言へるはずなどなくて

明け方にハナは逝きたり手囲ひにかたくなりたるハナを包みぬ

ふかふかの真綿を敷いた小《ち》さき箱にハナの小さなからだが沈む

リビングの奥からホイールを回す音聞こえぬ夜が深けてゆくなり

なまづ蠢く

あられふる鹿島の森の奥宮に家族四人で手を合はせたり

願ひ事あまたしてゐる下の子が手を合はせてるいつまでもいつまでも

冬空に届きさうなる御神木樹齢千年越えてゐるらし

おみくじを引きて上の子「大吉」をヨッ年男　われは「半吉」

ひつそりと頭を出す要石を見つ　まだゐるらむかタケミカヅチノカミ

参道のそば屋に入れば水音の聞こえて奥になまづ蠢く

正月になるとかならずする遊び「かしま文化財愛護かるた」

Ⓛの札は「じしんよけなら要石」やけに目につくあの日を境に

葉桜となる

父からの電話は毎朝六時半　けふは仕事か?うん仕事だよ

図書館の返却ポストにたまりたる書物は低き体温を持つ

いつからか月のひかりのやうな目を父はしてをり　少しさみしい

まばたきをするとき空は上下してかすかな虹を生んでゆくなり

一歩づつ足を踏み出す父なれどわれの贈りし杖は使はず

図書館の休館の日は「病院に行く日」となりて三年がたつ

病院の帰りに通る川沿ひのソメヰヨシノの蕾ふくらむ

父の手をひきて川辺を歩くとき桜花びら流れてきたり

花びらは歳月と思ふ　ひそやかに父のこころに積もりてゆきぬ

いつのまにか迷ひこみたるガガンボが保管庫のなか浮遊してをり

込み上げる感情不意にあふれたりテーブルを流れてゆく味噌汁

沈黙も言葉であると思ひたり　水面をすすむ水鳥一羽

誰からも見つけてもらへぬかくれんぼ　夕焼け色の父が立つてた

桜前線北上したりしめやかに今年の桜葉桜となる

うまくなりてえ

絵と歌を愛する上の子なにゆゑにサッカー部を選んだのだらう

色白の息子は徐徐に日焼けして牛蒡のやうになつてゆきたり

長ネギを買ひ物カゴに入れるとき不意に子が言ふ　悩みがあるんだ

フォワードからバックスになる七月にいよよ迷宮に入りゆく子は

航海図持たずに強き風の中すすむ息子は十四歳《じふよん》になる

だがしかしけれどもいいやだがしかし　山手線を一周回る

ソックスを洗濯板で洗ふ夜息子言ひをり　うまくなりてえ

昼の三日月

雨の匂ふレファレンス室　美術史の背表紙そろへ開館とする

かなしめり　モジリアーニの絵の女《ひと》の首の細さのアネモネの茎

もう生きてゐない作者の気配するあとがき読めり　昼の三日月

『100万回生きたねこ』ならここにゐる！絵本の棚を指さすこども

オーロラは熱くないんだ　少年のつぶやきを聞く四類の書架

誰とゐてもひとりと思ふ夕暮れは書架を探せり『海辺のカフカ』

閉館のチャイムをならす時間だねかすてら色の同僚の顔

わたしの前を私が走る

——榎本麻央歌集『一杯の水』素描

三枝昂之

榎本さんの地元に「むらさき短歌会」があり、そこの仕事で鹿嶋を訪れたことがある。鹿島港の周辺は工業地帯だが、遠くまで伸びる海岸線を洗う鹿島灘の広らかさと力強さ、そして鹿島神宮の奥深さが心に残り、この海辺の街が好きになった。榎本さんの時にはみだし気味な表現の自在さに、鹿嶋のこの大きさと由緒正しさを併せ持った風土がどこか作用しているように感じる。

多くの側面を語りたいが多弁を控えて、今回はいくつかの主題に絞って榎本さんの魅力を語ってみたい。

まず一つは子供の歌である。

うす青き空に浮かんだ昼の月小《ち》さき小さきおまへと見上ぐ

「おはやう」と声をかければ「おはやう」の声はなくともバタ足かへす

生まれて間もない子と仰ぐ昼の月。その淡さが子を得たよろこびを確かな手触りにしている。二首目はまだ言葉の出ない嬰児。それでもちゃんとバタ足で応える。言葉のやりとりよりも強いいとおしみと信頼感、母と嬰児ならではの幸福がそこから広がる。

榎本さんは男の子二人の母。その兄弟それぞれの個性の描き方が楽しい。

二人とも吾から生まれき　控へめな上の子前に出たがる下の子

手のひらに雪のせながら上の子は雨より雪はやさしいねと言ふ

口中に雪入れながら下の子は雨より雪はおいしいねと言ふ

長男は控え目、次男は出たがり。よく分かる違いである。ライバル無しで蝶よ花よと育てられた兄と、兄という先輩との競い合いも意識する弟。同じ雪でも兄は見る雪、雨よりやさしいと反応する詩的な雪。弟はより行動的な雪。わが家は一人息子の子育てだったからこうした観察はできなかったが、複数の子を育てる楽しさ賑やかさが伝わってくる。集中の「ゼリービーンズをちりばめたやう子らのゐる暮らしはいつもカラフルである」という一首も思いだしておこうか。

ハタハタと空を泳げる鯉のぼり洗濯物はけふもタイリヤウ

榎本さんの夫君はたしか体育会系の大男だったはず。そんなデータも加えると、歌からは両手に抱えきれない洗濯物の山が見えてくる。結句の「タイリヤウ」はだから「大量」だろうが、空を泳ぐ鯉のぼりに重ねて「タイレフ」、つまり「大漁」でもあると感じる。健やかでまっすぐな主婦の姿がそのダブルイメージから立ち上がる。

子育てが一段落したからだろう。榎本さんは図書館に勤めるようになる。その仕事の歌は主婦の日常とは違う生彩を放って、彼女の歌の世界をより魅力的なものにしている。

わたくしを薄めるために一杯の水を飲みほし仕事へ向かふ

この歌、ＮＨＫ全国短歌大会で私が特選に選んだ一首だが、当然のことながら選ぶ段階では作者は分からない。大会の当日、ＮＨＫホールのステージに上がって初めて特選者が誰か分かる。榎本さんはこの大会の特選の常連でもあるから、他の選者の隣に坐っている彼女と会うことの方が多い。

それでこの歌のどこに惹かれたか。家庭人間から会社人間に自分を切り換える時はほとんどの場合、テンションを上げるルートを選ぶ。アリナミンの何かをぐいっと飲んで「ヨシッ」と会社に向かう松下奈緒のCMがあったはず。ところが榎本さんは逆に自分を薄める。ここがおもしろい。考えてみれば、組織の一員として行動する場合は自分を抑えて調和を図る必要もあるし、むしろそうした場合の方が多い。仕事に向かうときの気持ちの切り替えを、類型的なテンションアップではない形で示したところにこの歌の新鮮さがあり、だから特選に選んだ。テンションのもともと高い作者像をイメージするのは歌の読みとしては単純すぎるだろう。

あとがきで榎本さんは歌集タイトルをこの歌から選んだと語っているが、東日本大震災に際しての彼女の次の二首を視野に入れるとタイトルの意味はもう少し深くなる。

給水の列に並びて五十分いつもと同じ満月がある

一滴もこぼさぬやうに注ぎゆくいのちをつなぐ一杯の水

一首目は非日常の中の満月という日常が印象的。五十分という時間がごく身近なはずの水のかけがえのなさを生かしている。つまり「一杯の水」は、自分のテンションを社会に適合させるための水でありながら、命を支える水でもある。より切実な水のその力が、震災を契機に露出したのである。

深き森に誘はれてゆく子どもたち少しおそろしグリム童話は

素ばなしの練習をする飯島さんメガネの奥にねずみを飼ひてわれの出番近づいてくるオオカミの声音の確認してゐるうちに

鳥の図鑑抱へて書架を移動する　遠くで聞こえる落雷の音

図書館はからだ傾く人多しそろりそろりとその横を通る

本の閲覧と貸し出しだけでなく、図書館のサービスは多様に広がっており、三首目まではその一端の子供たちへの読み聞かせの場面である。飯島さんのメガネの奥のねずみと、声でオオカミになりきろうとする「私」から司書ならではの真剣勝負の現場が見えてきて楽しい。四首目五首目は軽いスケッチの歌だが、ここからは図書館が持つ空気感が広がってくる。軽いスケッチだけが伝えることのできるこうした味わいは短歌の大切な一領域であり、そこを榎本さんが引き寄せて生かしたことが心強い。

あとはもうこの歌集を読んで下さる方にゆだねた方がいいだろうが、一点だけ触れて終わりたい。

夕空にむかつて吠える犬のタロ「わかるわかる」とキャベツを刻む

家事・育児・仕事に仕事・家事・育児わたしの前を私が走る

誰とゐてもひとりと思ふ夕暮れは書架を探せり『海辺のカフカ』

家族をむんずと背負って日々奮戦する主婦の歌、そして図書館で働く歌。それぞれの魅力と重なりながら、これらはいわば〈自分を見つめる歌〉である。この上質な内省も榎本さんの魅力の一つである。

短歌という長距離ランナーの詩型を、榎本さんはまだ走り始めたばかり。この一冊をお読み下さる皆さんには、率直な反応をお願いしたい。それが榎本さんを次のステップへと育てるだろう。

平成二十七年七月八日

あとがき

今でも自分が短歌を作っていることを、不思議に思うことがある。わたしが短歌を始めたきっかけは、母の主宰するむらさき短歌大会のマイク持ちを頼まれたことだった。その頃のわたしは、小さい元気な男の子二人とバッタを追いかけ、蟻の行列をたどる日々を送っていた。そんなときに、子どもを預けて参加した短歌大会で、わたしは風に吹かれてしまった。短歌の風に……

それからのわたしは、夢中で歌を作り始めた。なんといっても、まだ小さかった息子たちとの日常を詠み始めた。そして記憶をたぐり寄せて、息子を身籠もる頃からの短歌も作ってしまった。

現在、二人の息子たちは、高校生と中学生になった。あっという間に大きくなってしまった感はあるが、今回、歌を歌集にまとめたことで、あの頃の出来事や感情が鮮明に思い出されて泣けてくる。そして、そんな日常のひとつひとつが、大切で愛おしく、短歌という詩型で残せたことを幸せに思う。

＊

歌集には、二〇〇六年から二〇一四年までの四〇三首を収めました。歌集名の『一杯の水』は、「わたくしを薄めるために一杯の水を飲みほし仕事へ向かふ」から採りました。この歌は、ＮＨＫ全国短歌大会で、三枝昂之先生に特選に採って頂いた、わたしにとって大切な一首です。

歌集出版にあたり、作品のアドバイスとご指導をしてくださいました三枝昂之先生に心より感謝申し上げます。また、たいへんお忙しい中、三枝先生に跋文をいただきましたことは、この上ない喜びです。本当にありがとうございました。

そして、いつも暖かくご指導してくださいます今野寿美先生、りとむの皆様に深く感謝申し上げます。わたしをりとむにご紹介くださいました勝井かな子様、ありがとうございました。

地元、鹿嶋市のむらさき短歌会の会長（母の谷垣恵美子）、先輩の三田三千夫様他会員の皆様、いつもわたしを支えてくださり、ありがとうございます。また、勤務先の中央図書館・大野分館の皆様、いつもわたしを応援してくださいまして、ありがとうございます。

出版にあたりましては、現代短歌社の道具武志様、今泉洋子様にたいへんお世話になりました。ありがとうございました。

そして、いつもわたしを励ましてくれるお義父さん、お義母さん、夫と二人の息子と父母に感謝します。

平成二十七年六月

榎本麻央

著者略歴

榎本　麻央（えのもと　まお）

1968年　兵庫県生まれ
1973年　父親の転勤にて茨城県鹿島町（現・鹿嶋市）に移り住む
1986年　清真学園高等学校卒業
1988年　産業能率短期大学能率科文献情報管理コース卒業
2006年　鹿嶋市むらさき短歌会入会
2008年　茨城新聞茨城歌壇前期賞受賞
2010年　りとむ入会
2010年・11年・12年・14年　ＮＨＫ全国短歌大会特選
2012年　歌会始　佳作
2012年～14年　歌壇賞最終候補に残る
2014年　現代短歌社賞佳作
現在「りとむ」会員　日本歌人クラブ会員
茨城県歌人協会会員　鹿嶋市文藝連盟会員
地元、鹿嶋市の「むらさき短歌会」会員

歌集 一杯の水 りとむコレクション93

平成27年９月５日　発行

著　者　榎　本　麻　央
〒314-0012 茨城県鹿嶋市平井1350-421
発行人　道　具　武　志
印　刷　㈱キャップス
発行所　**現代短歌社**

〒113-0033 東京都文京区本郷1-35-26
振替口座　00160-5-290969
電　話　03（5804）7100

定価2500円（本体2315円＋税）
ISBN978-4-86534-113-3 C0092 ¥2315E